Angelika Tzschoppe
Lebendiger Adventskalender

ANGELIKA TZSCHOPPE 1945 in Oberfranken geboren, lebt in Hollfeld in der Fränkischen Schweiz. Sie ist verheiratet, hat zwei Söhne und drei Enkelkinder. Mit der Advents- und Weihnachtszeit verbindet sie viele schöne Erinnerungen an ihre Kindheit. Seit vielen Jahren sammelt sie alte und neue Adventskalender.

Angelika Tzschoppe
Lebendiger Adventskalender

Bibliografische Information der Deutschen
Nationalbibliothek
Die Deutsche Nationalbibliothek verzeichnet diese
Publikation in der Deutschen Nationalbiografie,
detaillierte bibliografische Daten sind im Internet über
http://dnbdnb.de abrufbar.

© 2017 Angelika Tzschoppe
Herstellung und Verlag
BoD – Books on Demand, Norderstedt

ISBN 9783744819107

„Lebendiger Adventskalender" ist eine beim
Deutschen Patent- und Markenamt (www.dpma.de)
eingetragene Wort/Bildmarke. „Lebendiger
Adventskalender" wird in diesem Buch verwendet
mit freundlicher Genehmigung des Vereins:
    Lebendiger Adventskalender e. V.
    St. Martin-Straße 5
    71665 Vaihingen / Enz
    www.Lebendiger Adventskalender.de

Inhalt

Vorwort

Seit 2010 findet der „Lebendige Adventskalender" in unserer Gemeinde statt. Jeden Tag im Advent bereitet jemand vor der eigenen Haustüre eine kleine Adventsfeier für Nachbarn, Freunde und Interessierte vor. Dabei wird ein Fenster geöffnet, das geschmückt, beleuchtet und mit entsprechender Zahl versehen ist. Anschließend plaudert man bei Plätzchen, Glühwein und Tee.

Der Lebendige Adventskalender ist an keine Konfession gebunden, er will große und kleine Leute auf Weihnachten einstimmen und eine Ruhepause in der oft hektischen Zeit sein.

Die Teilnahme in meinem Wohnviertel als Gastgeber und Besucher war Anregung für meine Geschichten. Es gibt für jeden Tag zwei Teile.

Teil 1: Thema, Texte, Lieder, Gebete und

Teil 2: „Übrigens" (Zwischenmenschliches …)

Meine Geschichten sind teilweise selbst erlebt, ausgedacht oder haben sich anderswo ähnlich ereignet.

Die Kalenderblätter stammen aus dem Jahr 1964. Meine Mutter bastelte den Kalender und schickte ihn mir nach München, wo ich ein soziales Jahr machte. Er ist noch jedes Jahr im Einsatz. Der Kalender beginnt mit dem 1. Advent (damals der 29. November). Die Adventszeit im Jahr 1964 dauerte 26 Tage.

Advents-Kalender.

1. Dezember
Adventskalender

Im Fenster mit der Nummer 1 waren alte und neue Adventskalender ausgestellt, die von kleinen Lampen beleuchtet wurden. Frau Haller begrüßte ihre Gäste, verteilte die Liederbücher und stellte die „Spendensau" vor, die die Aktion „Lebendiger Adventskalender" begleiten sollte. Nach dem Lied: „Wie soll ich dich empfangen" begann Frau Haller: „Meine Großmutter hatte kein Geld, um für meine Mutter einen Adventskalender zu kaufen. Also machte sie selbst einen. Auf 24 dicke Blätter klebte sie alte Bilder mit weihnachtlichen Motiven und schrieb einen passenden Spruch oder einen Liedervers darunter. Dann lochte sie die Blätter und zog eine Goldkordel durch. Fertig war der Umdrehkalender. Heute gehört er zu meiner Sammlung und hängt hier im Fenster.

Gerhard Lang war der Erfinder des ersten gedruckten Adventskalenders. Als er ein kleiner Junge war, hatte ihm seine Mutter im Advent 24 Kekse auf einen Pappkarton genäht. Jeden Tag durfte sich Gerhard einen abschneiden. Als er erwachsen war und Verleger wurde, erinnerte er sich daran und ließ 1908 den ersten Adventskalender drucken. Er hieß damals Weihnachts-Kalender, bestand aus einem Karton mit 24 Feldern. Dazu gehörte ein zweiter Karton mit 24 Bildchen. Täglich durfte ein Bildchen ausgeschnitten und aufgeklebt werden. Auch diesen Kalender können Sie im Fenster sehen, allerdings nur als Nachdruck. Danach gab es die unterschiedlichsten Varianten von Adventskalendern. Am häufigsten wurde der Kalender mit den Türchen zum Öffnen hergestellt und Ende der 50er Jahre erschien der erste schokoladengefüllte Adventskalender".

Frau Haller wusste noch viel über Adventskalender zu erzählen. Am Schluss sagte sie: „Stellen Sie sich vor, was ich heute früh im Kaufhaus gesehen habe: Stapel von Adventskalendern auf den Verkaufstischen. Gefüllt mit Pralinen, Likörfläschchen, Teesorten und Bierdosen. Daneben ein Schild: Alle Kalender halber Preis. Welch ein Luxus!"

Übrigens

„Der Glühwein ist ja ganz lauwarm", hatte Frau Haller später in der Garage ihrem Mann erschrocken mitgeteilt: „ Du hättest ihn vorher auf dem Herd heiß machen müssen und ihn erst dann in den Behälter füllen sollen. Der Behälter ist nur zum Warmhalten gedacht." „Hättest du vorher sagen müssen. Hätte, hätte, hätte, ..." Trotzdem hatte sich Herr Haller schuldig gefühlt. Er hatte sich den Behälter für den Glühwein extra beim Sportverein ausgeliehen und war stolz auf seine Idee gewesen. „Wir trinken ihn auch so", hatten tröstend die Gäste beteuert. „Nix da, ich geh noch mal rein und mache den Glühwein in der Küche heiß. Bin gleich wieder da. Das ist gegen meine Ehre. Das bekomme ich sonst noch zwanzig Jahre lang von meiner Frau zu hören. Bitte gehen Sie nicht weg!" Und Herr Haller war mit dem Behälter im Haus verschwunden. „Nein, wir warten und singen solange, bis es heißen Glühwein gibt", waren sich die Gäste einig gewesen. Gut, dass Hanna Spörl, die Leiterin des Chores dabei gewesen war. Sie hatte kurzentschlossen die Liederbücher wieder ausgeteilt und ein Lied nach dem andern angestimmt.

1. Advent

Herr, halt Advent,
    Kehr' bei uns ein!
Wer dich nicht kennt, muß elend sein.
Wer dich nicht hat, hat lauter Not,
  nur du machst satt, o Lebensbrot!
Drum mach' uns dein,
    dich zu uns wend'!
Kehr' bei uns ein, Herr halt Advent!

2. Dezember
Adventskranz

Bei Familie Klein stand ein großer Holzkranz mit 20 roten und 4 weißen Kerzen im Fenster, von denen zwei angezündet waren. An der Haustür hing ein grüner Tannenkranz. Herr Klein berichtete:
„Der Adventskranz entwickelte sich eigentlich aus einem heidnischen Brauch. Früher befestigten die Bauern im Winter grüne Kränze an Stall – und Haustüren. Manchmal wurden um die Kränze Bänder in Rot und Gold gewunden, den Farben des Lichts und des Lebens. Die runde Form galt als Zeichen für Ewigkeit, Sonne und Erdkreis.

Der Theologe Johann Hinrich Wichern hatte in Hamburg das „Rauhe Haus", ein Waisenhaus für Kinder gegründet. Im Jahr 1839 ließ er einen hölzernen Leuchter mit 23 Kerzen im Betsaal aufhängen – 19 kleine rote Kerzen für die Werktage und 4 dicke weiße für die Sonntage. Unter dem Kerzenschein versammelte er täglich die Kinder zum Singen und Beten. Am 1. Advent brannte die erste Kerze, jeden Tag wurde eine weitere Kerze angezündet, bis alle 23 Kerzen brannten. In jedem Jahr richtete sich aber die Anzahl der Kerzen nach der Zahl der Adventstage (22 – 28 Tage).
Im Jahr 1839 dauerte die Adventszeit nur 23 Tage.

So hing der erste Adventskranz in einem Waisenhaus. Später wurde der Holzreifen mit grünen Zweigen geschmückt. Dieser Brauch verbreitete sich schnell. Aus dem Holzreifen mit weißen und roten Kerzen wurde der Tannenkranz mit 4 Kerzen".

Übrigens

„Ich hab´s gleich gewusst, acht Flaschen Glühwein sind zuviel, viele Leute wollen keinen Alkohol und trinken lieber Tee", hatte Herr Klein seine Frau gewarnt. Doch die hatte nicht auf ihn gehört und hatte acht Liter Glühwein heiß gemacht.

Nach der Feier war über die Hälfte übrig geblieben. „Lag am Regen, da kommen nicht so viel Leute", hatte seine Frau kleinlaut gemeint und den Glühwein in die Flaschen zurückgefüllt.

„Schön war´s gestern bei euch", hatte Freundin Inge am nächsten Morgen beim Bäcker zu Sandra Klein gesagt. „Wir haben noch so viel Glühwein übrig, jetzt müssen wir schon zum Frühstück Lü-lü lü-wein trinken", hatte Sandra gejammert. Inge hatte sie entsetzt angeguckt. „Kleiner Scherz", hatte Sandra gelacht. „Willst du auf ein kleines Schlü-lü-lück-chen raufkommen?" Aber Inge hatte dankend abgewehrt: „Ich will doch kein Advents-Allo-ho-li werden. Und bei meinem Adventsfenster gibt's nur Tee".

Montag

Nun duftet Wachs,
nun glimmt der Tann,
die Weihnachts zeit
hebt wieder an!

Noch freust du dich
am Lichterkranz
bald steht der Baum
im vollen Glanz.

14

3. Dezember
Josef

Nach einem anstrengenden Arbeitstag wollte Herr Bär noch einen Abendspaziergang machen. Als er an der Menschentraube am Meisenweg vorbeischleichen wollte, hieß ihn Herr Huber so herzlich zu seinem Adventsfenster willkommen, dass er ihn nicht enttäuschen mochte.

Das beleuchtete Fenster zeigte eine Krippenszene, bei der Josef nicht wie üblich neben der Krippe stand, sondern neben ihr kniete. Bei der Meditation ging es dann um die Rolle des Josef in der Weihnachtsgeschichte:

Josef, der sich nicht sicher war, ob er der Vater des Kindes war, der überlegte Maria deshalb zu verlassen, der sich nicht zutraute mit seinen groben Schreinerhänden das Kind zu berühren.

Hans Bär spürte seine harten Arbeitshände in den Jackentaschen. War das nicht auch seine Geschichte? Als KFZ – Mechaniker musste auch er kräftig zulangen. Schreckte nicht sein kleiner Sohn manchmal zurück, wenn er ihn hochnehmen wollte? „Ich bin nicht der leibliche Vater von Tom", dieser Gedanke ging ihm oft durch den Kopf. Seine Frau Renate war froh gewesen, dass er sie trotzdem geheiratet hatte. Mit diesem Gedanken betrachtete Hans Bär das Krippenbild:

Sich klein machen, auf Augenhöhe mit dem Kind sein, so wie Josef, das war für ihn die Botschaft.

Wenn der kleine Tom „Papa?" sagte und dabei die zweite Silbe betonte, klang das immer so fragend, so als ob er zweifelte, ob er wirklich sein Papa wäre. Er, Hans Bär, wollte ein Papa mit Ausrufezeichen sein, mit Betonung auf der ersten Silbe. Ja, so ein „Papa!" wollte er sein.

Übrigens

„Schöne Perlensterne zu verkaufen, alle selbstgebastelt, jeder Stern 1 Euro!" Plötzlich waren die drei Huberkinder, die gerade noch hingebungsvoll „Josef, lieber Josef mein"... geflötet hatten, mit einem großen Tablett mit bunten Sternen erschienen. In Nullkommanichts waren alle Sterne verkauft, nachdem Jannis, das jüngste Huberkind treuherzig hinzugefügt hatte: „Das Geld ist nicht für uns, alles für die Spendensau."
Herr Bär hatte den ersten Stern gekauft und sich gleich auf den Heimweg gemacht. Den bringe ich meiner Frau mit, hatte er gedacht. Und vielleicht ist auch mein kleiner Sohn noch wach!

Dienstag

Trotz Schnee
und Eis
kein dürres
Reis, –

ein Blümlein bricht
sich durch zum Licht
im weißen Kleid
zur Weihnachtszeit.

4. Dezember
Barbarazweige

Frau Hartmann hatte ihr Fenster mit weißen Papierblüten und Tannengrün geschmückt. Sie erzählte die Legende von der Heiligen Barbara. Diese lebte im frühen vierten Jahrhundert in der Türkei und war die schöne und kluge Tochter eines reichen Kaufmannes. In der Abwesenheit ihres Vaters studierte Barbara die Lehren des Christentums und ließ sich taufen.

Ihr Vater ließ sie deshalb zur Winterzeit in einen Turm sperren. Auf dem Weg zu ihrem Gefängnis soll sich ein kahler Kirschzweig in ihrem Kleid verfangen haben, den sie in ihrem Verlies mit einem Wassertropfen zum Blühen gebracht haben soll. Während einer Christenverfolgung musste sie ihre Überzeugung mit dem Leben bezahlen.

Seitdem wird die Heilige Barbara als Märtyrerin verehrt und viele Menschen stellen am 4. Dezember, an ihrem Namenstag, Obstbaumzweige ins warme Zimmer. Wenn man Glück hat, blühen sie an Weihnachten, mitten im kalten und dunklen Winter. Das gilt dann als gutes Zeichen für das kommende Jahr. Blühende Zweige im Winter galten früher als Wunder.

Die fünfjährige Julia hatte ein Gedicht von Josef Guggenmos gelernt und trug es stolz vor:

Am 4. Dezember

Geh in den Garten am Barbaratag.

Gehe zum kahlen Kirschbaum und sag:
Kurz ist der Tag, grau ist die Zeit.
Der Winter beginnt, der Frühling ist weit.
Doch in drei Wochen, da wird es geschehn:
Wir feiern ein Fest, wie der Frühling so
schön.
Baum, einen Zweig gib du mir von dir.
Ist er auch kahl, ich nehm ihn mit mir.
Und er wird blühen in leuchtender Pracht
Mitten im Winter in der Heiligen Nacht.

Übrigens

Beim anschließenden Zusammensein hatte Frau
Hartmann erzählt:
„Als junge Mädchen schnitten wir früher mehrere
Zweige vom Kirschbaum ab und gaben ihnen die
Namen unserer Verehrer. Der Zweig, der zuerst
blühen würde, sollte den Namen des Bräutigams
verraten, gemäß dem Motto:
Blühen die Zweige zur rechten Zeit, ist die Hochzeit
nicht mehr weit."
„Und war`s bei Ihnen so?", hatte die
sechzehnjährige Silke wissen wollen. „Ach nein",
hatte Frau Hartmann gelacht. Der Zweig mit Namen
Jochen hat geblüht und der Zweig Udo hatte keine
einzige Blüte. Aber ich habe ihn später trotzdem
genommen, meinen Udo-Hasi." Udo-Hasi hatte sich

etwas verlegen am Kopf gekratzt und gemurmelt: „Das hast du ganz richtig gemacht." Und etwas lauter hatte er hinzugefügt: „So, und wer möchte kann sich einen Kirschzweig mitnehmen, heute früh geschnitten."

„Gehen auch zwei?", hatte Silke gefragt.

Mittwoch.

Ei, du liebe, liebe Zeit,
ei, wie hat's geschneit,
               geschneit!
Rings herum wie ich mich
             dreh',
nichts als Schnee und lauter
             Schnee!

5. Dezember
Verschwendung

Schon von weitem hörten die Besucher Posaunenklänge. „Klingt aber nicht nach Adventslied, eher nach Happy Birthday", waren sich alle einig. Und so war es auch. Die Musikkapelle spielte vor dem Nachbarhaus des „Lebendigen Adventskalenders" ein Ständchen für den ehemaligen Stadtrat zum 80. Geburtstag.

Frau Richter, die die Adventsfeier halten sollte, hatte schnell reagiert: „Könnten Sie nicht auch vor unserem Fenster blasen?". „Wenn ihr Noten habt und uns die Blätter haltet, warum nicht", entgegnete der Dirigent.

Und so stand an diesem Abend eine größere Gruppe vor dem beleuchteten Fenster, hinter dem sich lauter bunte Päckchen für die Aktion „ Weihnachtsfreude für Rumänien" stapelten.

„Früher", so erzählte Herr Richter, „war der Advent eine Buß- und Fastenzeit, eine stille Zeit, die „stade Zeit". Das sieht man noch heute an der violetten Farbe der Altar- und Kanzelbehänge. Es durfte weder getanzt noch geheiratet werden. Die Menschen bereiteten sich auf Weihnachten vor. Alles , was gebacken, geschlachtet oder geräuchert wurde, war erst für das Fest gedacht. Heute ist die Adventszeit laut und hektisch geworden und wird vom Konsum bestimmt. Statt fasten ist eher schlemmen und genießen angesagt.

Bei uns werden tonnenweise Lebensmittel vernichtet. 30% aller hergestellten Nahrungsmittel sollen es sein, oft noch einwandfreie Ware. Fleisch, das zu viel bestellt wurde, Obst und Gemüse, das nicht der Norm entspricht...... Aber auch in Privathaushalten wird zu viel eingekauft und dann weggeworfen. Die Essensmenge, die in Europa und Nordamerika vernichtet wird, würde für alle Hungernden auf der gesamten Welt reichen.

Vielleicht sagen Sie jetzt: Das hat doch nichts mit Weihnachten zu tun, oder , ich kann ja doch nichts ändern. Ich meine doch.. Jedes Jahr wünschen wir uns Frieden auf der Welt. Es kann keinen Frieden geben, wenn die Gaben auf der Erde so ungerecht verteilt sind. Heute Abend gibt es Kürbissuppe. Die Kürbisse hat mir ein Bauer geschenkt, sie wären sonst auf dem Müll gelandet, nur weil sie ein paar weiche Stellen hatten."

Übrigens

Auch der Jubilar hatte sich über die Adventslieder gefreut und seine Frau hatte ein Tablett mit übriggebliebenen Häppchen gebracht. Herr Richter war froh über die zusätzlichen Zuhörer gewesen.

„Sollten wir nicht eigentlich fasten?", hatte Frau Schmettke gezögert, bevor sie nach dem Schinkenbrötchen gegriffen hatte. „Wichtiger ist, dass nichts weggeworfen wird", hatte Herr Richter gemeint. „Aber meine Kürbissuppe müsst ihr auch essen!" „Aber selbstverständlich, die ist ja so lecker", hatte Frau Bach gelobt. „Falls was übrig bleibt und Sie mir ein Tupperdöschen leihen, nehme ich gerne was mit." An diesem Abend war keiner dabei gewesen, der sich nicht vorgenommen hatte, in Zukunft weniger verschwenderisch mit Lebensmitteln umzugehen.

Donnerstag

Das erste Licht im Tannenkranz —
Wie schenkt es frohen Herzen Glanz
und Trost den Leiderstarrten!
Die andern Lichter in dem Grün
stehn auch voll Sehnsucht

           — zu erglühn —

      und warten,

          und warten!

6. Dezember
Nikolaus

Herr Müller sprach über den Heiligen Nikolaus, der im 4. Jahrhundert in Myra in Kleinasien gelebt hatte. Von seinen Eltern hatte der Heilige viel Geld geerbt, das er großzügig an Kinder und Arme verschenkte. Später wurde er Bischof. Von ihm gibt es viele Legenden:

Die bekannteste berichtet von einem Vater, der zu arm war seinen drei Töchtern eine Aussteuer mitzugeben. Daher musste er die Mädchen auf die Straße schicken. Nikolaus hatte Mitleid mit dem Vater und warf eines Nachts drei Goldklumpen durch den Kamin.

Zum Andenken an Nikolaus und seine Wohltätigkeit verkleiden sich noch heute Menschen als Nikolaus und beschenken die Kinder am 6. Dezember. Und wenn der Nikolaus nicht persönlich kommt, füllt er die bereitgestellten Stiefel. Nur noch selten verkleidet sich ein Nikolaus mit Bischofsgewand und Krummstab, meist trägt er einen langen Mantel, Pelzmütze und weißen Bart. Manchmal hat der Nikolaus einen Begleiter dabei, den Knecht Ruprecht. Der dunkel gekleidete Geselle soll unartige Kinder mit der Rute erschrecken oder in den Sack stecken.

Übrigens
Die Feier hatte mit dem Lied: „Lasst uns froh und

munter sein ..." geendet und danach hatten sich alle Besucher über den Aufzieh-Nikolaus amüsiert, der hinter der Fensterscheibe zur Melodie „Jingle bells" lustige Tanzbewegungen machte.

„Das ist gar kein richtiger Nikolaus, das ist ein Santa Claus. Der sagt immer „hohoho" und bringt in Amerika an Weihnachten die Geschenke", hatte sich die kleine Ina beschwert. Und ihr Bruder Tim hatte ergänzt: „Und hat ´nen Schlitten und acht Rentiere, eines heißt Rudolph und hat eine rote Nase. Nanu, was steht denn hier?", hatte er dann plötzlich gerufen. Und jetzt hatten alle den braunen Jutesack neben der Garage gesehen. An der roten Kordel war ein Zettel befestigt: „Ein Gruß für den Lebendigen Adventskalender". Wer hatte den Sack plötzlich dahingestellt? Niemand hatte es gewusst. Selbst der Gastgeber hatte sich überrascht gezeigt. „Der Nikolaus wollte sich halt nicht sehen lassen, Hauptsache ist doch, dass er was gebracht hat. Los, Papa mach auf", hatte Hannes gebettelt. Da hatte Herr Müller den Sack geöffnet und mit Hilfe seines Sohnes hatte er Äpfel, Nüsse, Mandarinen und Lebkuchen verteilt. Am Boden des Sackes hatte Hannes einen Rechnungsbeleg gefunden. Aufgeregt war er zu seiner Mutter gerannt. „Du, der Nikolaus hat in unserem Supermarkt eingekauft!" Frau Müller hatte ihren Sohn beschwörend angeguckt. „Psst, nichts verraten!"

Die Nacht ist vorgedrungen,
der Tag ist nicht mehr fern,
So sei nun Lob gesungen
dem hellen Morgenstern!

7. Dezember
Rauschgoldengel

„Unser Thema sind heute die Engel",sagte Frau Böhm zu ihren Gästen.„Die Engel, von denen die Bibel berichtet sind übermenschliche, geistige Wesen, die als Boten Gottes auftreten. Angelos ist griechisch und bedeutet Bote. Weil Engel als Mittler zwischen Himmel und Erde auftreten, werden sie auf Bildern mit Flügeln dargestellt. Sie bringen Botschaften, sie verkündigen, sie beschützen und sie warnen. Immer erschrecken die Menschen, selbst bei der frohen Botschaft: „Euch ist heute der Heiland geboren."

Engel lassen sich nicht wissenschaftlich erklären. „Es müssen nicht Männer mit Flügeln sein", so beginnt ein bekanntes Gedicht von O. Wiemer. Und ich möchte Sie ermuntern, für andere Menschen zu Engeln zu werden. Wenn ein Mensch einem anderen Menschen unerwartet zu Hilfe kommt oder bei Gefahr beisteht, heißt es oft: Du bist ein Engel.

Engel werden aber oft verniedlicht. Denken Sie nur an die dicken, pausbäckigen Barockengel, an die musizierenden Holzengel aus dem Erzgebirge oder die niedlichen, meist etwas kitschigen Weihnachtsengel in Bilderbüchern.
Als Rauschgoldengel ist der Verkündigungsengel zum Weihnachnachtsschmuck für die Christbaumspitze geworden."

Jetzt wurde das Fenster beleuchtet: Das zarte

Wachsgesicht war umrahmt von blonden Locken und einem Heiligenschein. Der Engel hatte enganliegende Flügel, einen roten mit Borden besetzten Brustlatz und einen gefalteten Rock aus Goldpapier.

Frau Böhm erzählte weiter:

„Ursprünglich bestand das Gewand des Engels aus hauchdünn gewalztem Messingblech, das wegen seines starken Rauschens auch Rauschgold genannt wurde. Der erste Rauschgoldengel entstand im 17. Jahrhundert. Der Nürnberger Puppenmacher Balthasar Hauser modellierte ein Wachsgesicht nach dem Abbild seiner verstorbenen kleinen Tochter Anna. Zum Trost und zur Erinnerung soll er das kleine „Annerl" als Engel dargestellt haben. Auch heute noch werden auf dem Nürnberger Christkindlesmarkt wunderschöne Rauschgoldengel verkauft. Auch meiner stammt von dort.

Übrigens

Zu den Besuchern hatte an diesem Tag auch die eineinhalbjährige Lilli mit ihrer Mutter gehört . "Da, da, da !", hatte Lilli aufgeregt gerufen und ihre Arme ausgestreckt. „Mei, ist die süß, die schaut ja richtig wie ein Barockengerl aus", hatte Frau Schmitt, eine andere Besucherin entzückt festgestellt. „Was will sie denn?" „Ach, Durst wird sie haben, ich habe leider ihr Fläschchen vergessen", hatte die Mutter bedauert. „Gell, alle trinken, nur du hast nichts, armes Engerl." Eilfertig hatte Frau Schmitt einen Becher geholt und Lilli trinken lassen. „Da, da, da", hatte das blonde Engerl wieder gerufen und Frau Schmitt hatte nochmals für Nachschub gesorgt. „War das auch wirklich der Kinderpunsch?", hatte Lillis Mutter besorgt gefragt. „Aber ja doch", war sich Frau Schmitt sicher gewesen.

Oder doch nicht? Mitten in der Nacht war Frau Schmitt aufgewacht und sich gar nicht mehr so sicher gewesen. Sie hatte den Rest der Nacht schlaflos verbracht, während das blonde Engerl nach Aussage der Mutter wie ein Murmeltier geschlafen hatte.

Sonnabend

Von drauß vom Walde
komm ich her;
ich muß euch sagen
es weihnachtet sehr!

8. Dezember
Der kleine Baumwollfaden

Frau Schneider war zufrieden. Gleich würden die Leute vor ihrem Fenster stehen und die Winterlandschaft bewundern, die sie mit ihrer Tochter Amelie gebastelt hatte. Fehlten nur noch die Teelichter. Die brauchte sie unbedingt für ihre Meditation über das Licht. Aber die Schachtel mit den Teelichtern war verschwunden.

„Schnell, Amelie, geh rüber zu Frau Harms. Ich brauche unbedingt Teelichter!" Nach zehn Minuten, die Frau Schneider wie eine Ewigkeit vorkamen , erschien Amelie mit einem Beutel Teelichter. Gott sei Dank! Da kamen auch schon die ersten Besucher und Frau Schneider erzählte die Geschichte vom kleinen Baumwollfaden:

„Es war einmal ein kleiner Baumwollfaden. Der hatte Angst, dass er nicht ausreicht, so wie er war: zu schwach für ein Schiffstau, zu kurz für einen Pullover, zu schüchtern, an andere anzuknüpfen, zu farblos für eine Stickerei. Er fühlte sich als Versager und verfiel in Selbstmitleid, bis das Wachs an seine Tür klopfte und ihn aufmunterte: „Wir beide tun uns zusammen. Für eine lange Osterkerze bist du als Docht zu kurz, und ich hab dafür auch nicht genug Wachs. Aber für ein Teelicht langt es allemal. Denn: es ist besser, auch nur ein kleines Licht anzuzünden, als immer nur über die Dunkelheit zu klagen."

Übrigens

Beim Austeilen der Teelichter hatte Frau Schneider unter den Gästen auch Tina Berg gesehen, eine Nachbarin, mit der sie zerstritten war. Tina hatte verlegen gelächelt und war später auf Frau Schneider zugegangen:

„Danke, dass du Amelie wegen der Teelichter zu mir geschickt hast." Aber ich hab sie doch zu Harms geschickt, hatte Frau Schneider erwidern wollen, sich aber eines besseren besonnen und Tinas ausgestreckte Hand herzlich gedrückt.

„Bei Harms hat niemand gehört", hatte sich Amelie später etwas verlegen gerechtfertigt, als Frau Schneider sie zur Rede stellte. „War das nicht o.k.?" „Doch, das war sehr o.k.!"

Die verschwundene Schachtel mit den Teelichtern war am nächsten Tag wieder aufgetaucht, unter einer Dose mit Plätzchen.

2. Advent

Bereitet doch fein tüchtig
den Weg dem großen Gast;
macht seine Steige richtig,
Laßt alles, was er haßt.

        :macht alle Bahnen recht,
        die Tal laßt sein erhöhet,
        macht niedrig, was hoch stehet,
        was krumm ist, gleich u. schlecht.

9. Dezember
Eine Welt

„Faszinierend ist der Blick vom All auf unsere Erde. Die Weltraumfahrt hat ihn möglich gemacht", begann Herr Kuhn. „Das Wort Globalisierung ist in aller Munde. Entfernungen spielen keine Rolle mehr. Globale Verständigung, globale Wirtschaftsbeziehungen, globale Finanzmärkte. Gleichzeitig sprechen wir auch von einer weltweiten Wirtschafts- und Finanzkrise, weil die Globalisierung die Menschen gierig gemacht und die Menschenrechte verletzt hat. Unsere globale Wirtschaft ist nicht so organisiert, dass alle auskömmlich leben können. Die Unterschiede zwischen arm und reich werden immer gravierender, auch in unserem Land.

Der Theologe Kamphaus sagt: „An einem Punkt stehen wir mit der Globalisierung noch ganz am Anfang. Ohne eine religiöse und moralische Globalisierung hat die ′Eine Welt′ keine Zukunft."

Niemand weiß, wie es mit unserer Erde weitergeht. Ob es die Kirchen und Länder schaffen werden auf einander zuzugehen? In wenigen Tagen feiern wir Weihnachten. Wir, die wir uns Christen nennen, sollten uns gemeinsam bei der Lösung dieser Probleme beteiligen: Hunger – Krieg – Umweltzerstörung. Die Sehnsucht nach einer besseren Welt dürfen wir nie aufgeben.

Weihnachten feiern darf nicht beim neugeborenen

Kind aufhören. Der erwachsene Jesus hat begonnen das Gottesreich im Diesseits anbrechen zu lassen – das sollte auch unser Auftrag sein."

Im Adventsfenster war ein beleuchtetes Poster zu sehen: Viele Kinder waren Hand in Hand um den Globus herum verteilt. Herr Kuhn stimmte den Kanon aus Afrika an: „Viele kleine Leute an vielen kleinen Orten, die viele kleine Schritte tun, können das Gesicht der Welt verändern".

Herr Kuhn sang so lange mit seinen Gästen, bis er seine Frau mit zwei Kannen aus dem Haus kommen sah.

Übrigens

„Haben wir auch genug Glühwein?", hatte Herr Kuhn am Morgen besorgt seine Frau gefragt. „Die Leute werden immer mehr." „Ach, wird schon langen, im Notfall wird verdünnt. Außerdem gibt´s noch Tee." Frau Kuhn hatte sich keine Sorgen gemacht.

Das klare Winterwetter mit der schneebereiften Landschaft war bestimmt auch ein Grund gewesen, warum sich mehr Leute als sonst eingefunden hatten.

Während der Ansprache hatte Herr Kuhn seiner Frau das Zeichen für den „Notfall" signalisiert. Diese hatte sich wieder ins Haus begeben, Orangensaft mit

Wasser erwärmt und dann kurzentschlossen in den Glühweintopf gekippt.

„Der schmeckt aber fruchtig", hatte Frau Petschke später gemeint. „Ein ganz guter, gell?" „Ja, ein Bioglühwein", hatte Herr Kuhn selbstbewusst behauptet. „Ist aber Geheimrezept."

Montag

Grüne Tanne,

        grüne Tanne,
bald kommt wieder deine Zeit,
über eine kleine Weile
ist dein Festkleid dir bereit!

10. Dezember
Geschenke

Bernd Maier hatte sich das Thema Geschenke ausgesucht:
„Ich war auf der Suche nach einem Geschenk für meine Schwiegertochter. Unschlüssig war ich im Kaufhaus vor einem Kosmetikstand stehen geblieben. „Ich hätte da was ganz Exquisites für Sie". Eilfertig hatte eine parfümierte Schönheit eine kleine Schachtel auf den Ladentisch gelegt. „Gold" stand darauf. 150 g – 26,50 Euro. „Wie bitte? Soll das ein Weihnachtsschnäppchen sein?", fragte ich verblüfft. Die blonde Schöne hatte hellauf gelacht. „Aber nein, so heißt das Seifenstück, duftet nach Salbei, Estragon und Veilchen. Und winzige Goldteilchen sind auch dabei – ein Schmuckstück für jedes Waschbecken." Ich schaute, dass ich fortkam.

Gold, Weihrauch und Myrrhe – die Könige oder die Weisen aus dem Morgenland hatten vermutlich auch die falschen Geschenke dabei. Und die Hirten lagen weitaus richtiger mit ihren Geschenken: Milch, Schafskäse, Tierfelle und Ähnlichem.

Richtig schenken ist gar nicht so einfach, deshalb beschließen viele: Wir schenken uns nichts mehr.

Das finde ich auch in Ordnung. Noch schöner aber finde ich, etwas zu schenken von dem man weiß, dass der Beschenkte sich darüber freut. Sie kennen bestimmt das bekannte Gedicht „Schenken" von Joachim Ringelnatz:

Schenke groß oder klein,
aber immer gediegen.
Wenn die Bedachten die Gaben wiegen,
sei dein Gewissen rein.

Schenke herzlich und frei.
Schenke dabei
Was in dir wohnt
An Meinung, Geschmack und Humor,
so dass die eigene Freude zuvor
dich reichlich belohnt.

Schenke mit Geist ohne List.
Sei eingedenk,
dass dein Geschenk
du selber bist.

Was wir übrigens immer wieder vergessen: Die Weihnachtsgeschenke haben eine christliche Wurzel. Gott schenkt uns seinen Sohn. Die Freude darüber teilen wir mit unseren Lieben, indem wir sie beschenken – eine wunderbare Gelegenheit, um zu zeigen, wie sehr wir uns brauchen. Außerdem wird an Weihnachten vielen Menschen klar, wie gut sie es haben und wie viel Not woanders herrscht. Nie spenden wir so viel wie in dieser Zeit, nie ist unser Mitgefühl größer. Abgeben, teilen, schenken – so kann das Weihnachtsfest neu definiert werden."

Übrigens

„Wieso haben Sie lauter Schneekugeln mit Schneemännern in Ihrem Fenster. Das sind doch alle dieselben?", hatte Frau Huber später gefragt. Herr Maier hatte verlegen gelächelt. „Auf diese Frage habe ich gewartet. Ich bekam als Kind so eine Schneekugel geschenkt. „Schneegestöber" wurde sie damals auch genannt. Ich liebte sie heiß und innig. Eines Tages war sie verschwunden. Ich war untröstlich.

Und dann entdeckte ich im letzten Jahr im Internet eine Schneekugel, die meiner ganz ähnlich war. Ich habe sie gleich bestellt. Irgendwas muss ich falsch angeklickt haben. Statt einer Schneekugel kam eine ganze Palette mit fünfzig. Und dann habe ich auch noch den Rückgabetermin verpasst. Mein Enkel hat mir versprochen sie bei Ebay anzubieten, hat er aber noch nicht gemacht."

Auch die anderen Gäste hatten belustigt zugehört. „Würden Sie mir eine verkaufen? Ich hatte als Kind auch mal eine. Und kann heute an keiner vorbeigehen ohne mal zu schütteln." Frau Haller war ganz entzückt gewesen. „Ich würde auch eine nehmen." „Ich auch!"

Dienstag

Siehe,
ich bin des Herrn
Magd;
mir geschehe, wie du
gesagt hast.
Meine Seele erhebet
den Herrn, und mein
Geist freuet sich
Gottes meines
Heilands.

Denn er hat die Niedrigkeit seiner Magd
angesehen. Siehe,
von nun an werden mich seelig preisen
alle Kindeskinder!

11. Dezember
Die Spinne

Herr Hinz hatte sich eine Fabel ausgesucht:
„Eine Spinne hatte ein Netz gesponnen – ein kleines Kunstwerk. Faden für Faden saß am richtigen Platz. Stolz betrachtete sie ihr Werk und überprüfte die Fäden. Halt, da war ein Faden, der schien überflüssig zu sein. Den zwickte die Spinne ab. Da fiel das Netz über ihr zusammen. Sie hatte sich vom wichtigsten Faden getrennt, dem Faden, mit dem sie überhaupt in der Lage war, Fäden zu spinnen.

So ähnlich habe ich diese Geschichte einmal gehört. Mit Weihnachten scheint es mir auch so zu sein. Umfragen haben ergeben, dass vielen Menschen der eigentliche Sinn von Weihnachten abhanden gekommen ist. Die Geburt Jesu wird von vielen nur noch als romantische Geschichte geduldet. Kirche und Feiertage haben ihre zentrale Bedeutung verloren. Viele wünschen sich ganz allgemein: ´Frohe Feiertage oder Frohes Fest´. Und dieses Fest wird total überfrachtet mit Wünschen und Vorstellungen. Enttäuschungen sind vorprogrammiert.

Alles soll perfekt sein: Die Geschenke, das Essen, die Dekoration ... Weihnachtsmärkte werden immer lauter und schriller und glitzernde Einkaufscenter versetzen in einen Konsumrausch. Eine Feier jagt die nächste, ein Event das andere. Selbst, wer dem entkommen will und in den Süden fliegt, wird unter Palmen von Weihnachtsliedern eingeholt, die aus Lautsprecheranlagen tönen.

Zurück zur Spinne. Wenn sie sich vom wichtigsten Faden trennt, ist es mit ihrem Kunstwerk vorbei. Wenn wir uns von unserem wichtigsten Faden trennen, nützen die schönsten Vorbereitungen nichts. Weihnachten wird schal, wenn wir über der Hektik das Eigentliche vergessen:

Das Geheimnis, dass Gott Mensch wird und an meiner Seite bleibt, nicht nur in der Weihnachtszeit, sondern ein ganzes Leben."

Im jetzt beleuchteten Fenster erschien nun der Spruch:

„Gott wird Mensch"

darüber war ein hauchdünnes goldenes Netz gespannt.

Übrigens

„Wer ist denn die putzige Alte", waren die Gastgeber, Herr und Frau Hinz, wiederholt gefragt worden. Die hatten nur mit den Schultern gezuckt: „Wir kennen sie auch nicht."

Die alte Frau war sehr zutraulich gewesen, hatte unterwegs Frau Kuhn angesprochen: „ Gehst du auch zum Fenster? Wie heißt du? Ich heiße Lina." Aber niemand hatte die Frau, die einen verwirrten Eindruck machte, gekannt. Diese hatte zwei Becher Glühwein getrunken („ den für Kinder und Alte", hatte sie gelacht) und alle Plätzchen probiert („von jeder Sorte nur eines"). Und beim Lied: „Macht hoch die Tür ..." hatte sie alle Verse auswendig mitgesungen.

Als sich alle Gäste verabschiedet hatten, war sie übrig geblieben. „Sehr, sehr schön war das", hatte sie immer wieder gelobt und hatte über ihr faltiges Gesicht gestrahlt. „Wo wohnen Sie denn, Lina?", hatte Herr Hinz , Schlimmes ahnend, gefragt. Seine Vorahnung war bestätigt worden. „Muss mal nachdenken, fällt mir schon wieder ein."

In diesem Moment war ein Polizeiauto vorgefahren. „Wir suchen eine Lina Schuster aus dem Seniorenheim, ist die bei Ihnen?", hatte der Beamte gefragt. „Ja gut dass Sie kommen", hatte Herr Hinz erleichtert aufgeatmet. „Das Seniorenheim hat bei uns angerufen. Lina büxt öfter mal aus. Ihre Zimmernachbarin hatte den heißen Tipp von Ihrem Adventskalender. Los Lina, steig ein!", hatte der Polizist befohlen.

„Alle Jahre wieder"...hatte Lina beim Einsteigen gesungen und dann zufrieden geseufzt: „Wäre gern noch geblieben. Aber Autofahren ist auch schön. Ach, jetzt weiß ich`s, ich wohne im großen Haus mit dem roten Dach. Besucht ihr mich mal ?"

„Mannomann, das ist ja noch mal gut gegangen", hatte Frau Hinz erleichtert zu ihrem Mann gesagt. Und dieser hatte gemeint: „Aufgeräumt wird später. Ich brauche jetzt erst mal ein Bier! Und Lina besuchen wir gleich nächste Woche."

Mittwoch

Die Tage sind so dunkel,
die Nächte lang und kalt,
doch übet Sterngefunkel
hoch über uns Gewalt.

    Wir wollen nach dir blicken,
    o, Licht, das ewig brennt,
    wir wollen uns beschicken
    zum seligen Advent!

12. Dezember
Christbaum

Frau Wolf erzählte:

„Die Tradition, sich in der Winterzeit immergrüne Zweige ins Haus zu holen, ist ein alter heidnischer Brauch. Damit sollte Lebenskraft in die dunkle und kalte Jahreszeit kommen. Bereits im 15. Jahrhundert stellte man sich grüne Nadelbäume in die Zimmer. Handwerkszünfte begannen im 15. Jahrhundert in Spitälern und Vereinsstuben die Bäume zu schmücken. Dabei hielt man sich an die Symbole des christlichen Glaubens:

Äpfel sollten an Adam und Eva erinnern, Oblaten an die Erlösung durch Christus, Rauschgold an die Geschenke der Heiligen Drei Könige und Seidenpapierrosen an die Rose von Jericho. Nüsse, Zuckerstangen, Backwaren und Lebkuchen waren ein Zugeständnis an die Kinder, die den Baum nach der Feier plündern durften.

Erst ab dem 17. Jahrhundert wurde auch mit Bienenwachskerzen geschmückt, die sich aber nur die Reichen leisten konnten. Die Erfindung von Stearin und Paraffin machte den Kerzenschmuck für alle erschwinglich.

Anfang des 19. Jahrhunderts hielt der Christbaum Einzug in die gutbürgerlichen Stuben. Zur gleichen Zeit wurde auch die Glaskugel erfunden, die bis zum heutigen Tag vorwiegend im thüringischen Lauscha hergestellt wird."

Frau Wolf hatte in ihrem Fenster eine große Vase mit Tannenzweigen stehen, der mit altem Christbaumschmuck behängt war. Sie wusste noch viel zu berichten, wie sich der Christbaumschmuck im Lauf der Zeit verändert hatte:

„ Die hölzernen Abzeichen des Winterhilfswerkes, die ab 1935 im Erzgebirge hergestellt wurden , um Notstandsgebiete zu fördern, hängen bei mir jedes Jahr am Baum. Besonders gerne mag ich die kleinen Schaukelreiter, mit denen ich als Kind schon spielte."

Übrigens

„ Hmm.....Diese Plätzchen darf man nicht an den Baum hängen, die muss man gleich essen." Genießerisch hatte Frau Seitz, nach der Feier in der Garage, die Augen verdreht. „Das Rezept müssen Sie mir unbedingt geben." Frau Wolf war erstarrt. Wieso hielt ihr Mann einen Teller mit ihren geheiligten Trüffelplätzchen in der Hand? Die hatte sie doch extra für die Adventseinladung mit ihren besten Freundinnen aufheben wollen. Stundenlang hatte sie ausgestochen, gebacken, mit Creme gefüllt, liebevoll glasiert und verziert. Hatte Thomas mal wieder vergessen. Bei aller Nächstenliebe, die Aldi- und Normakekse schmeckten auch gut.

Im Vorbeigehen hatte Frau Wolf ihrem erstaunten Mann den Teller aus der Hand genommen und ihn mit einem: „Den brauch ich mal eben" in die Küche gerettet. „Nanu, sind die tollen Plätzchen schon alle?", hatte Frau Seitz wenig später enttäuscht gefragt. Da hatte ihr Frau Wolf den Teller mit den Dominosteinen hingehalten und war glücklich gewesen wenigstens noch einige Trüffeltaler für ihren Kaffeeklatsch gerettet zu haben.

Donnerstag

Der Winter ist gekommen
mit seinem weißen Kleid,
hat Blumen uns genommen,
den Garten zugeschneit.

13. Dezember
Heller und dunkler Stern

„Ich hatte mir soviel vorgenommen im letzten Dezember", erinnerte sich Frau Sturm bei ihrer Feier. „Doch dann kam alles anders. Ein Sturz von der Bodentreppe machte alle Pläne zunichte und ich musste die Adventszeit im Krankenhaus verbringen. Im Rollstuhl fuhr mich Schwester Beate zu einem Gottesdienst.

Die Adventslieder, die wir dort sangen, waren alle während des 30-jährigen Krieges, also zwischen 1618 und 1648, entstanden. Eine schlimme Zeit, zu der auch Pest und Hexenverbrennungen gehörten. Der Pfarrer sprach in seiner Andacht über Friedrich Spee und sein Lied: „O Heiland reiß die Himmel auf..." Das Lied beginnt mit einem verzweifelten Aufschrei und klagt Gott auch in den folgenden Versen an. Der Trost kommt erst im letzten Vers – bei Gott wird alles anders sein.

Ich habe damals viel Leid gesehen und mich immer wieder gefragt: Warum? Auch der Pfarrer konnte mir diese Frage nicht beantworten. Er vertrat die Meinung: Ein Leben auf der Erde ohne Leid wird es nie geben. Also kommt es darauf an, wie wir damit umgehen. Aber er schlug vor, an Stelle des quälenden „Warum" ein tatkräftiges „Darum" zu setzen. Weil es soviel Leid gibt, darum sollen wir uns für Notleidende einsetzen.

Das hat mir eingeleuchtet und seitdem versuche

ich danach zu leben. Wer sich einsetzt, der bekommt auch etwas zurück, ist zufriedener und wird oft mit Dankbarkeit beschenkt.

Bei meinem Adventsfenster gehören immer zwei Sterne zusammen:
Neben einem dunklen „Warum-Stern" steht ein heller „Darum-Stern".

Übrigens

„Mein Rollator ist weg. Jemand hat meinen Rollator geklaut!", hatte Frau Schubert später aufgeregt gerufen. Herr Sturm hatte es gut gemeint und extra einen bequemen Stuhl mit Lammfell bereit gestellt, nachdem sich Frau Schubert telefonisch angemeldet hatte. Die Vermutung von Frau Sturm hatte sich rasch bewahrheitet. Ihre 5-jährigen Zwillinge hatten sich den Rollator geschnappt und auf der Nebenstraße einen kleine Fahrt damit gemacht. Klaus hatte geschoben, Martin hatte sich fahren lassen.

Keinerlei Schuldgefühle hatten die beiden gezeigt. „Ich war noch nicht mit Fahren dran", hatte Klaus gemault. „Bringt den Rollator sofort zurück und entschuldigt euch gefälligst!", hatte ihre Mutter befohlen.

„Danke und Tschuldigung, weil wir nicht vorher gefragt haben", hatte Klaus gemurmelt. Und Martin hatte hinzugefügt: „Ganz schön geil, dein Rollerdings!" Da hatten alle lachen müssen, sogar Frau Schubert.

Freitag

Die Berge stehn voll Schnee,
die Häupter hoch in Pracht;
voll Singen liegt die Nacht:
Hosianna in der Höh'!

Hosianna fern und nah,
in Tälern tief verschneit.
Machet die Tore weit:
Der Herr ist nah!

14. Dezember
Licht

Am frühen Nachmittag hatte es zu schneien begonnen, zuerst ganz leicht, aber dann waren die Flocken immer dichter geworden und hatten die graue und triste Landschaft in ein helles Winterweiß verwandelt.

„Da kommt doch heute Abend niemand", sagte Mia Schmitt vorwurfsvoll zu ihrem Mann „Wie bist du nur auf die Idee gekommen, uns in die Liste einzutragen. Du weißt doch, wie viel Stress ich in der Adventszeit habe. „Erst mal abwarten", meinte dieser. „Und was den Stress angeht, den macht ihr Frauen euch doch selbst." „Ihr Männer habt leicht reden", antwortete Mia resigniert, freute sich aber dann doch, als ihr Mann ihr den Fensterspruch zeigte, den er gebastelt hatte: Tragt in die Welt ein Licht!

Er hatte die Buchstaben aus einem schwarzen Karton ausgeschnitten und die leeren Stellen mit buntem Transparentpapier hinterklebt. Zum Glück war Mias Schwester, die sich zum Helfen angesagt hatte, rechtzeitig eingetroffen. Sie wohnte 20 Kilometer entfernt und hatte von chaotischen Straßenverhältnissen berichtet.

Am Abend kamen dann vor allem Nachbarn, die es nicht so weit hatten, denn das Schneetreiben hatte nicht nachgelassen.

Karl, Mias Mann hatte Zeitungsartikel gesammelt,

die er jetzt vorlas. Sie handelten von Menschen, die „so ein Licht" angezündet hatten:

Ein alter Professor hatte das Autofahren aus gesundheitlichen Gründen aufgeben müssen und sein Auto der Diakonie geschenkt.

Eine ehemalige Lehrerin gab kostenlos einem russischen Jungen Sprachunterricht.

12-jährige Zwillinge kauften einmal in der Woche für die gehbehinderte Flurnachbarin ein

Fünf Frauen kümmerten sich abwechselnd um die Kinder einer alleinerziehenden erkrankten Mutter.

Dazu passte gut das Lied:

„Tragt in die Welt nun ein Licht, sagt allen: Fürchtet euch nicht. Gott hat euch lieb, groß und klein. Seht auf des Lichtes Schein".

Karl hatte noch einige Verse dazu gedichtet.

Übrigens

Mia hatte die Besucher ins Haus bitten wollen, was vehement abgelehnt worden war: „Wenn`s schon mal schneit!" Nur zum Glühweintrinken hatten sie sich in die Garage begeben Die drei Kinder, die dabei waren, hatten sogar einen Schneemann gebaut und ihm eine brennende Fackel in den Arm gesteckt.

Nach dem Schneetreiben hatte sich Eva nicht mehr heimfahren trauen. Der Wetterbericht hatte vor unnötigen Autofahrten gewarnt. Deshalb hatte sie telefonisch ihren Mann verständigt und eine Stunde mit ihrer Schwester Schnee geschippt. „Gut, dass ich morgen frei habe", hatte sich Eva gefreut und einen gemütlichen Abend bei ihrer Schwester verbracht.

Schnee verhangen ist die Luft,
   überall schon Weihnachtsschimmer~
      und ein süßer Plätzchenduft
         füllt das Haus u. jedes Zimmer.

15. Dezember
Empört euch – Engel

Im Fenster der Familie Mack war das Bild eines Engels zu sehen. Es zeigte einen Engel mit hochgestellten Flügeln, die wie warnende Hände aussehen, so als wolle er Einhalt gebieten: Vorsicht! Halt! Tu´s nicht!

Dazu erzählte Herr Mack :

„Das Aquarell mit dem Titel ´Angelus novus´ (der neue Engel) hat Paul Klee 1920 gemalt. Ich weiß nicht, was der Maler damals damit ausdrücken wollte. Aber ich empfinde es als eine Warnung, dass wir nicht alles tun dürfen, was wir tun können.

Der katholische Theologe Eugen Biser (geb. 1918) fordert ein Umdenken. Zu seinem Anliegen zählt vor allem das Bemühen um Frieden – vom persönlichen Frieden bis zum Weltfrieden. Er sagt: „Alle friedlosen Zustände zerstören den Menschen. Menschsein und Frieden sind Synonyme." Biser will den Dialog mit allen Religionen, auch mit den Atheisten.

Unser Streben nach immer mehr hat die Ungerechtigkeit in unserer Gesellschaft verschärft, die Finanzkrise ausgelöst und die Umwelt belastet. Nicht alles was machbar ist, müssen wir auch tun. Noch kann die Warnung befolgt werden. Noch ist Zeit zur Umkehr, zum richtigen Handeln. Das ist die gute Nachricht."

Übrigens

Vor Beginn der Feier waren drei Jugendliche mit blinkenden Nikolausmützen vorbeigeschlichen. „He, da vorne gibt´s was zu schnorren. Da reißen wir was auf. Da bleiben wir!" „Ob die auch Bier haben?" „Nee, haben wir nicht", hatte Lehrer Mack geistesgegenwärtig gerufen. „Aber, wenn ich vergessen soll, dass ich euch aus der Parallelklasse kenne, dann schlichtet ihr morgen Nachmittag um drei das Brennholz wieder auf, das ihr vorhin in meinem Garten verteilt habt. Ich habe euch genau gesehen. Und jetzt habt ihr die Wahl: Dableiben und zuhören oder schnell verschwinden." Da hatten sich die drei für letzteres entschieden, am anderen Tag aber in Rekordzeit das Holz wieder an Ort und Stelle gebracht.

3. Advent

Friede muß vom Himmel tauen,
denn erschienen ist die Zeit,
daß der Herr der Herrlichkeit
    sich im Fleische lässet schauen.
   Durch die Welt erschall' und geh':
    Hosianna in der Höh'!

16. Dezember
Tagebuch

Im Fenster von Familie Bach leuchtete ein roter Herrnhuter Adventsstern. Frau Bach erinnerte sich: „Dieser Stern leuchtete schon, als ich noch ein Kind war und meine Mutter uns Kindern Weihnachtsgeschichten vorlas. Elisabeths Tagebucheinträge von 1945 – 1956 wollten wir jedes Jahr hören. Meine Mutter hatte sie 1957 aus dem Sonntagsblatt ausgeschnitten.

1945 – das erste Weihnachtsfest im Frieden nach dem 2. Weltkrieg. Elisabeths Mann Albrecht ist in Kriegsgefangenschaft. Sie musste ihre Heimat verlassen, befindet sich in einer Notunterkunft und ist krank.

Sie schreibt am 29. Dezember: Kinder kamen an mein Bett und sangen. Sie sangen wie die Engel und ich war sehr glücklich. Sie brachten mir einen Tannenzweig und einen Stern aus Stroh und ein großes Stück Brot mit. Brot für mindestens drei Tage ...

20. Dezember 1946: Ich wünsche mir ein Bettgestell für meinen Strohsack und einen Krug zum Wasserholen. Ich bin jetzt in einem kleinen Dorf bei München ... Auch hätte ich gerne ein paar kleine Kerzen und ein bisschen Leder für meine Holzsandalen. Und wenn mir jemand eine alte Wehrmachtsdecke schenkte ... Und vielleicht zwei Eier und ein winziges Stück Speck und einen viertel

Liter richtige Milch. Ich habe mich noch nie so sehr auf Weihnachten gefreut. Ich singe den ganzen Tag und die Leute wundern sich. Aber ich bin unendlich froh, seit ich weiß, dass Albrecht lebt....

17. Dezember 1947: Ich wünsche mir ein Paar Schuhe, die nicht aus Kunststoff sind. Und endlich wieder einen weißen Bettbezug. Und Hautcreme, die nicht brennt. Und den Band „Unvergängliche Lyrik", der neu erschienen ist. Vielleicht auch – aber das ist schon fast unbescheiden – ein Stück Schokolade ....

Am Weihnachtsfest 1949 ist Albrecht wieder bei Elisabeth und sie können zusammen feiern mit Lebensmittelgeschenken von Nachbarn und Freunden. Und dann geht es ihnen von Jahr zu Jahr besser und die Wünsche werden größer. 1954 haben sie bereits ein eigenes Haus mit Garten, ein Auto, schöne Kleider und viele Bücher. Und Albrecht ist vom guten Essen schon rundlich geworden.

Wir haben uns mit Elisabeth und Albrecht mitgefreut.

Aber beeindruckt haben uns die ersten Einträge. Die Freude über ein Stück Brot, der Wunsch nach einer Decke, einem Stück Schokolade ... Ob die beiden noch leben? Ich weiß es nicht. Wie viele Menschen gibt es noch, die diese harte Zeit erlebt haben? Es ist wichtig, dass uns diese Zeitzeugen an diese Zeit erinnern".

Übrigens

„Diese armseligen Plätzchen willst du anbieten?", hatte Jenny, Frau Bachs Tochter, drei Tage vorher empört gefragt. „Das ist ja peinlich!" „Das sind ´Kriegerlinge´, so haben wir die Plätzchen genannt, die meine Mutter in der Nachkriegszeit gebacken hat. Und die passen gut zu meinen Tagebuchgeschichten. Nur Mehl, damals graues Roggenmehl, etwas Süßstoff, etwas Fett, das fehlende Ei wurde durch Magermilch oder Wasser ersetzt und als Treibstoff brauchte man einen Löffel Essig. Wir fanden die Plätzchen ganz köstlich."

Die Idee mit den ´Kriegerlingen´ war alles andere als peinlich gewesen. Jeder hatte sie versuchen wollen, obwohl es auch andere Plätzchen gegeben hatte. Jenny hatte es sich nicht nehmen lassen noch Vanillekipferl zu backen. „Hätte ich nicht gedacht", hatte Jenny gestaunt. „Ich schon", hatte ihre Mutter selbstbewusst behauptet, was reichlich übertrieben war. Aber gefreut hatte sie sich doch, dass alle Kriegerlinge´ wie die warmen Semmeln weggegangen waren.

Montag

Macht eure Lampen fertig
und füllet sie mit Öl,
und seid des Heils gewärtig,
bereitet Leib und Seel'!

17.Dezember
Mit Kerzen schweigen

Vier rote große Kerzen brannten vor der Garage im Schnee, dazwischen lagen Tannenzweige, arrangiert zu einem großen Adventskranz. Auch im Fenster standen vier brennende Kerzen.
Herr Brand sagte:
„Die vier Kerzen brennen für Frieden, Glaube, Liebe und Hoffnung. Ansonsten ist heute Schweigen angesagt. Wir wollen die Kraft des Schweigens spüren. Jeder zündet eine Kerze an und sagt wofür oder für wen sie brennen soll. Sie können sich aber auch eine vorbereitete Wortkarte nehmen und diese zu Ihrem Licht dazustellen. Nach jedem Licht, das hinzukommt, machen wir eine Schweigepause und ab und zu singen wir zur Gitarre den Liedruf: Mache dich auf und werde Licht, denn dein Licht kommt. Am Schluss wollen wir die Kerzen schweigend anschauen."
Am Schluss brannten dreißig Lichter. Die meisten Gäste hatten sich für eine Wortkarte entschieden. Die Kerzen brannten für Gerechtigkeit, Toleranz, Mut, Vertrauen, Freiheit, Vergebung, Geduld.... aber auch für Verstorbene, Freunde, für Menschen auf der ganzen Welt.

Übrigens

„Endlich darf man wieder was sagen". Schwungvoll hatte Frau Mack nach der Feier ihre Arme ausgebreitet und dabei die Spendensau vom Tisch gefegt. Diese war zerbrochen und hatte jede Menge Euro- und 50 Centstücke zum Vorschein gebracht. „Zwischenbilanz, 159 Euro und 50 Cent", hatte Frau Brand festgestellt und hatte das Geld mit Erlaubnis ihres Sohnes Rico in dessen leere Marienkäfer-Spardose gefüllt. „Spendensau wird Spendenkäfer", hatte Rico lakonisch verkündet.

Als die Gäste gegangen waren , hatte Rico etwas Silbernes hinter dem Regal in der Garage vorspitzen sehen. Ein 2-Eurostück! Gehört dem ehrlichen Finder, hatte sich Rico gefreut. War er ein ehrlicher Finder, wenn er das Geld behielt? Wenn er es auf der Straße gefunden hätte, dann schon. Aber so? Und wenn er das Geldstück wechselte, einen Euro für den Käfer, einen Euro für den Finder, sozusagen als Leihgebühr für den Käfer....Dann aber war ihm das Wort auf seiner Karte wieder eingefallen: Ehrlichkeit. „Neue Zwischenbilanz", hatte er seiner Mutter zugerufen. „161 Euro und 50 Cent".

Dienstag

Winter ist's.

       Der Sturmwind weht

hin mit

       düstrem Blasen –

müde schon

       der Abend geht

über Turm

       und Straßen.

18. Dezember
Zeit

„Schön, dass Sie sich heute die Zeit genommen haben für meinen Adventskalender", begrüßte Frau Will ihre Gäste. „Was hätten Sie sonst getan? Wäsche gebügelt, Nachrichten geschaut.... Gerade haben wir gesungen: Wir sagen euch an eine heilige Zeit...

Die Adventszeit wird leider immer mehr zu einer eiligen Zeit. Aber die Sehnsucht nach Ruhe und Stille nimmt immer mehr zu. Ich habe das während eines Kuraufenthaltes selbst erlebt. Nach einem Burnout war ich gezwungen Wichtiges von Unwichtigem zu unterscheiden.

Der Advent ist die Zeit des Wartens. Wie lange kamen uns als Kinder die Tage bis Weihnachten vor. Vorfreude, Neugierde, Spannung, Unruhe.... Das musste ausgehalten werden.

Ich bin in der Nachkriegszeit groß geworden. Wir hatten nicht viel zu essen. Wir hatten kein Geld. Wir konnten keine Geschenke kaufen. Aber wir konnten welche basteln. Wir hatten keine Bücher. Also erzählten wir uns Geschichten. Wir sangen zusammen Lieder und wir machten Besuche bei alten Leuten. Und jeden Tag zündeten wir die Kerzen vom Adventskranz an. Ja, damals hatten wir viel Zeit...

Ich will die Zeit nicht zurückdrehen, aber ich will mir auch in unserer hektischen Zeit wieder Zeit

nehmen:
Zeit für ein Gespräch, Zeit für einen Besuch, Zeit für ein Buch, Zeit für einen Spaziergang, Zeit für einen Gottesdienst, Zeit zum Musizieren, Singen, Malen und Spielen... Zeit für Menschen...Vielleicht ist ein handgeschriebener Brief manchmal sinnvoller als ein teures Geschenk, ein lieber Besuch notwendiger als ein aufwändiger Hausputz."

Im Adventsfenster wurde ein Wunschzettel beleuchtet mit dem Gedicht von E. Michler

Ich wünsche dir ...
Ich wünsche dir nicht alle möglichen Gaben,
Ich wünsche dir nur, was die meisten nicht haben:
Ich wünsche dir Zeit, dich zu freu'n
und zu lachen,
und wenn du sie nützt, kannst du etwas draus machen.
Ich wünsche dir Zeit für dein Tun und dein Denken,
nicht nur für dich selbst, sondern auch zum Verschenken.
Ich wünsche dir Zeit, nicht zum Hasten und Rennen,
sondern die Zeit zum Zufriedenseinkönnen.
Ich wünsche dir Zeit, nicht nur so zum Vertreiben,
ich wünsche, sie möge dir übrig bleiben

als Zeit für das Staunen und Zeit für
Vertrau´n,
anstatt nach der Zeit auf der Uhr zu
schau`n.
Ich wünsche dir Zeit nach den Sternen zu
greifen,
und Zeit um zu wachsen, das heißt, um zu
reifen.
Ich wünsche dir Zeit, neu zu hoffen, zu
lieben.
Es hat keinen Sinn, diese Zeit zu
verschieben.
Ich wünsche dir Zeit, zu dir selber zu
finden,
jeden Tag, jede Stunde als Glück zu
empfinden.
Ich wünsche dir Zeit, auch um Schuld zu
vergeben.
Ich wünsche dir Zeit: Zeit zu haben zum
Leben.

Übrigens

Kurz vor der Feier hatte es leicht zu regnen
begonnen. Die Besucher hatten sich immer dichter
in die Garage gedrängt und sich dann bei Plätzchen
und Glühwein unterhalten. Die Kinder hatten es als
erste bemerkt. „Jipiii, das ist ja arschglatt", hatte
Simon gerufen und war von der Garage bis zur
Straße geschlittert. „In der Tat", hatte Herr Klein

gerufen und sich dicht vor Frau Richter auf seinen Allerwertesten gesetzt. „Haben Sie sich weh getan?" Hilfsbereite Hände hatten Herrn Klein wieder in die Höhe gezogen. „Gibt höchstens einen blauen Fleck", hatte er tapfer erwidert und die entsprechende Stelle vorsichtig befühlt.

„Ich glaube mit dem Zeithaben, können wir gleich anfangen, meinen Yogakurs kann ich schon mal vergessen." „Und ich meine Talkshow, ist auch gar nicht wichtig." „ Wichtig ist nur mit ganzen Knochen heim zu kommen." Dann hatten zwei Handys geklingelt. „Ich kann heute nicht mehr kommen, morgen dann ...", „Heute geht `nicht mehr, melde mich wieder ...".

Herr Will war mit einem Eimer Salz erschienen, um den Gehweg zu streuen. Frau Will hatte Frau Schmidt unterm Arm genommen, um sie nach Hause zu führen. Auch die anderen Gäste hatten sich gegenseitig festgehalten und waren unter Gelächter und Warnrufen mit kleinen Schritten heimgegangen. Sie hatten ja viel Zeit.

Mittwoch

Aus alten Zeiten
ein Schlittengespann –
Des Winters Freuden
damit begann.

Wir fahr'n durch den Schnee
bei Schellengetön.
Die Welt ist so schön
im Tal, auf den Höh'n.

19. Dezember
Weihnachtshasser

An der Haustür Amselweg Nr. 3 hing ein Zettel: Lebendiger Adventskalender findet im Amselweg Nr.5 statt.

„Guten Abend, Ich bin Ulrich Steiner. Ich soll sie herzlich grüßen von der Familie Berg. Sie wäre eigentlich heute der Gastgeber für sie. Bergs mussten aber überraschend zu ihrer Tochter fahren, weil das Baby zu früh gekommen ist.

Herr Berg bat mich für ihn einzuspringen. Er wollte mir die Unterlagen in den Briefkasten stecken, hat es aber in der Eile vergessen. Außerdem gibt es leider nur Tiefkühlpizza.

Ehrlich gesagt, mit Weihnachten kann ich auch nicht viel anfangen. Ich bin Single. Wenn alljährlich der Weihnachtsrummel mit Lichterketten und Geschenketerror beginnt, klinke ich mich aus.

Meine Freunde haben mir das Buch „Der Weihnachtshasser" geschenkt. Ich war ganz erstaunt, was bekannte Persönlichkeiten so über Weihnachten alles gesagt haben. Ich lese Ihnen ein paar Zitate vor.

Theodor Storm: „Und wieder nah´n die Weihnachtstage, Gott hilf mir, dass ich sie ertrage"

Marlene Dietrich: „Für Männer ist Weihnachten fast so schlimm wie der Hochzeitstag"

Paul Gauguin: „Weihnachten ist das Fest der Hoffnung – dass es vorüber geht" Häuptling Seattle: „Wenn die Weißen kleine Wachslichter anzünden, sind sie wehrlos und leicht zu besiegen"

Otto von Bismarck: „Was man auch verschenkt, es wird einem übel genommen". „Wenn im Advent die Flocken stieben, hilft nichts, du musst den Nächsten lieben" aus Franken ..."

Übrigens

An diesem Abend hatte sich auch Pfarrer Hein auf den Weg gemacht „Wenn du schon den „Lebendigen Adventskalender" anregst, musst du dich auch mal sehen lassen", hatte seine Frau ihn etwas vorwurfsvoll getadelt. Er war etwas zu spät dran gewesen, hatte den Hinweis auf den Amselweg Nr. 5 gelesen und hatte von dort ein herzhaftes Lachen vernommen. War er hier richtig?
Dann hatte er erstaunt und belustigt zugehört, was Herr Steiner gerade aus dem Weihnachtshasserbuch vorlas.

Niemand hatte den Pfarrer kommen sehen. Er hatte sich erst zum Schluss bemerkbar gemacht und dann den Gastgeber begrüßt. Nach einem verlegenem Schweigen hatte Urich Steiner seinen Einsatz erklärt.

„Nicht mal ein Vaterunser haben wir gebetet", hatte sich Frau Klein beschwert.. "Es muss nicht immer ein Vaterunser sein ,, hatte Pfarrer Hein erwidert. Ich glaube zu diesem Abend passt das Gebet von Öttinger gut. Darf ich?" Er hatte gedurft.

„Gott, gebe dir die Gelassenheit, Dinge

hinzunehmen, die du nicht ändern kannst. Den Mut, Dinge zu ändern, die du ändern kannst und die Weisheit, das eine vom anderen zu unterscheiden." Und dann hatte er hinzugefügt: „Dass Jesus geboren wurde, können und wollen wir nicht ändern. Aber dass Weihnachten zu einem Event verkommt und sich manche vor Weihnachten fürchten, das können wir ändern".

Es hatte noch eine lebhafte Unterhaltung gegeben und die Pizzastückchen, obwohl nicht mehr warm, waren als willkommene Abwechslung gelobt worden. Am Schluss hatten sich Pfarrer Hein und Ulrich Steiner noch angeregt unterhalten, als alle Gäste schon gegangen waren. Und es wäre noch später geworden, wenn nicht das Handy von Pfarrer Hein geklingelt hätte und seine Frau aufgeregt gefragt hätte: „Aber Johann, wo bleibst du denn? Ist was passiert?"

Nun kommen die vielen Weihnachtsbäume
aus dem Wald in die Stadt hinein.
Träumen sie ihre Waldesträume
weiter beim trauten Laternenschein?

20. Dezember
Weihnachtsmarkt

Im Fenster der Familie Färber hingen Sterne, Papiergirlanden, Christbaumschmuck aus Schildpatt und kleine Engel aus Maisstroh. Frau Färber berichtete:

„Das sind alles Handarbeiten aus der Dritten Welt, die dort vorwiegend von Frauen gebastelt werden. Die Frauen sind auf diesen Nebenverdienst angewiesen. Ihre Produkte werden auch manchmal auf unseren Weihnachtsmärkten verkauft.

Weihnachtsmärkte gibt es schon seit langer Zeit. Adventszeit war früher Zahlzeit. Das Gesinde, also Knechte und Märkte bekamen den Lohn für das ganze Jahr, praktische Geschenke und den sogenannten Weihnachtstaler. Die Weihnachtsmärkte waren immer in Kirchennähe und so konnte der Taler gleich nach der Sonntagsmesse ausgegeben werden. Seit dem 18. Jahrhundert bot man dort, neben Lebensmitteln und Dingen für den täglichen Gebrauch, auch Weihnachtliches an: Stollen, Lebkuchen, Gebäck, Schnitzwerk aus dem Erzgebirge, Christbaumschmuck und Spielsachen. Auf den Märkten trafen reiche und arme Kinder aufeinander. Kinder reicher Eltern, die sich Anregungen für ihren Wunschzettel holten und Kinder armer Eltern, die kleine Holzspielsachen verkauften, um die Familienkasse aufzubessern. Heutzutage gehen die Menschen wegen der besonderen Stimmung auf Weihnachtsmärkte, um Glühwein zu trinken und Bekannte zu treffen.

Aber jetzt haben Sie die Gelegenheit, die Familienkasse der Frauen in der Dritten Welt aufzubessern."

Färbers hatten im Carport einen kleinen Weihnachtsstand aufgebaut mit Dingen aus der Dritten Welt: Kaffee, Tee, Gewürze, Handarbeiten und gestickte Grußkarten. Es waren auch einige Krippen aus Südamerika dabei. Die kleinste befand sich in einer Streichholzschachtel.

„Eine Krippe to go aus Mexiko", reimte Frau Kuhn. „Die nehme ich mit, wenn ich über die Feiertage zu meiner Tochter reise."

Übrigens

Als der Plätzchenteller die Runde gemacht hatte, hatte Frau Böhm bedauernd den Kopf geschüttelt: „Nein, heute keine Plätzchen mehr. Ich habe heute Nachmittag drei Stunden lang mit meinen Kindern Plätzchen gebacken. Mir ist jetzt nach was Deftigem zu Mute. „Etwa nach einem Heringsbrötchen?", hatte eine Frau gefragt, die daneben gestanden war. „Ich habe vorhin zwei gekauft. Eins gebe ich gerne ab. Kommen Sie, wir gehen hinter die Garage." Und so waren die zwei Frauen hinter der Garage verschwunden und hatten sich die Heringsbrötchen schmecken lassen. Frau Böhm hatte gestrahlt: „War das jetzt gut. Noch nie hat ein Heringsbrötchen so gut geschmeckt. Vielen, vielen Dank! Wie viele Weihnachtstaler bin ich schuldig?"

Freitag

singt Gottes Lob im Winter auch,
Er ist so treu und gut
und nimmt vor Frost und Sturmeshauch
die Saat in seine Hut.
Er deckt sie mit dem Schnee so dicht,
so weich und sicher zu,
sie merkt den harten Winter nicht,
und schläft in stiller Ruh'.

21. Dezember
Weihnachtsschmuck aus dem Erzgebirge

Herr Sommer hatte seine Jugend im Erzgebirge verbracht. In seinem Adventsfenster standen einige Holzkunstwerke aus seiner Heimat. Dazu wusste er viel zu berichten.

„Fünfhundert Jahre hatten die Menschen vom Bergbau gelebt. Als Silber und Zinn zur Neige gingen, stellten sie Gegenstände aus Holz her, denn Wald gab es zur Genüge.

Der klassische Nussknacker trägt aber auch heute noch den Schachthut des Bergmannes mit der Zackenkrone. Als beliebtes Weihnachtsgeschenk werden heute auch andere Berufe als Nussknacker dargestellt.

Früher bekam jedes Mädchen zur Geburt einen Lichterengel geschenkt und jeder Junge einen Lichterbergmann. Zur Weihnachtszeit erhellten die Kerzen dieser Figuren die Fenster und man wusste genau, wie viele Jungen und Mädchen in den Häusern wohnten.

Der Schwibbogen geht auf eine alte Bergmannsleuchte zurück – eine Art Himmelsbogen mit Motiven aus dem Erzgebirge.

Die Weihnachtspyramide dreht sich durch ein Flügelrad, das von Kerzen erwärmt wird. Auf drei Etagen drehen sich unten die Bergmänner in der Mitte die Krippenfiguren und oben die Engel. Die Weihnachtspyramide vereint so Himmel und Erde".

Übrigens

„Du Lea, pass auf, gerade hat ein Hund einen Haufen auf eure Wiese gesetzt", hatte die Nachbarin am frühen Abend aufgeregt mitgeteilt. Lea Sommer war gerade dabei gewesen die Unordnung im Garagenregal mit einem riesigen Tannenzweig zu verdecken. „Zum Glück nur auf die Wiese", hatte sie zurückgerufen. „Hab jetzt keine Zeit, mach ich morgen weg."

Leider hatte Lea nicht damit gerechnet, dass drei Kinder nach der Feier auf der nur schwach beleuchteten Wiese Fangen spielen würden. Sie hatte sich auch noch nichts gedacht, als zwei Frauen in der Garage die Nase gerümpft hatten und etwas vorwurfsvoll auf eine Frau mit Baby geblickt hatten, die sich schnell verabschiedet hatte.

Aber als Lea und ihr Mann später ihre Garage aufgeräumt hatten, hatten sie verdächtige braune Fußabdrücke gesehen und Lea hatte bedauert, dass sie die Warnung der Nachbarin nicht ernst genommen hatte.

Wenn draußen der Sturmwind das Haus umkreist
im Bund mit dem Winter, dem kalten,
zieht ein in die Herzen der Weihnachtsgeist,
der die Liebe so reich lässet walten!

22. Dezember
Krippe

Hinter dem großen tiefgelegenen Wohnzimmerfenster war eine Krippenlandschaft aufgebaut. Dazu erzählte Frau Schindler:

„Wir beginnen jedes Jahr am 1. Dezember mit dem Aufstellen unserer Krippe. Zuerst gibt es auf der Fensterbank nur Moos und Steine. Jeden Tag kommt etwas Neues hinzu. Mal ist es eine alte Wurzel, mal ein kleiner Kaktus, der Ziehbrunnen oder das Lagerfeuer. Bis zum 2.Advent gibt es keine Figuren. Dann kommt das Krippenhaus, dann die Schafe , die Hirten, die Tiere im Stall. Die Landschaft wird vervollständigt durch kleine Fundstücke aus der Natur. Das macht unseren Kindern viel Spaß. Und jedes Jahr sieht es anders aus.

Wie Sie sehen, ist das Krippenhaus noch leer. Maria und Josef sind noch unterwegs, werden aber jeden Tag ein Stückchen näher zur Krippe bewegt. An jedem Tag wird außerdem ein Stern ans Fenster geklebt. Erst am Heiligen Abend legen die Kinder das Jesuskind in die Krippe. Richtig fertig ist unsere Krippe erst am 2. Feiertag."

Herr Schindler fuhr fort: „Die Geburt Jesu wurde bereits im Mittelalter in Weihnachtsspielen nachgestellt. Das war vor allem für die Leute gedacht, die nicht lesen konnten.

Im 13. Jahrhundert ließ Franz von Assisi im Wald eine Futterkrippe mit Heu füllen. Dazu stellte er lebensgroße Wachsfiguren . Ochs und Esel waren lebende Tiere. Vor diesem besonderen Hintergrund predigte er seiner Gemeinde das Weihnachtsevangelium.

Im 16. Jahrhundert wurden holzgeschnitzte Krippen aus Italien nach Deutschland gebracht, die zuerst nur in Kirchen aufgestellt wurden. Die meisten Krippen wurden in Tirol geschnitzt. Im 19. Jahrhundert war es dann üblich auch in Häusern Krippen aufzustellen".

Übrigens

An diesem Abend hatten nur die 22 Fenstersterne geleuchtet. Am Himmel war kein einziger Stern zu sehen gewesen. Der Regen war immer heftiger geworden, dazu hatte ein unangenehmer Wind geblasen. Das Vordach hatte sich als ungenügender Schutz erwiesen.

Viele Hände hatten zugepackt und „Glühwein und Co" (alles für das gemütliche Beisammensein) in den Trockenkeller des Mehrfamilienhauses getragen. „Huch!", hatte Frau Moser auf dem Weg dorthin aufgeschrieen und sich vorbeigedrängt. „Lasst mich mal durch, da hängen noch meine Schlüpfer. Die müssen erst von der Leine!"

4. Advent

Daß ihr es höret,
       Daß ihr es wißt,
bald wird er kommen
       der Heilige Christ!
O, göttliche Liebe,
       ohn' Anfang und End,
Du seist gepriesen,
       Gelobet Advent!

23. Dezember
Als Hirten unterwegs

Herr Grimm hatte in seinem Hof einen Krippenweg mit vier Stationen vorbereitet. An jeder Station brannte ein Feuer in einer Eisenschale.

„Ihr seid die Hirten, die unterwegs zur Krippe sind", begrüßte er seine Gäste. An jeder Station wurde Halt gemacht. Es gab Hirtenlieder, Hirtengedichte und eine Besinnung über das Leben in Israel damals und heute. Hirten waren damals arme und wenig geachtete Menschen. Aber im Evangelium sind es gerade sie, die die Botschaft von Jesu Geburt als erste erfahren.

Bei der letzten Station wurden die Fensterläden aufgeklappt. Eine uralte Krippe, die Herr Grimm von seinem Großvater geerbt hatte, war zu sehen. Dem Jesuskind fehlten die Hände. „Die Kinder haben es oft gestreichelt und dabei ist es wohl passiert. Aber mein Enkel macht ihm immer neue aus Knetgummi, weil er der Meinung ist: Ein Jesuskind ohne Hände, das geht einfach nicht."

Nach einer Hirtenmelodie, von der Tochter der Grimms auf der Flöte gespielt, wurden die Gäste in die Scheune gebeten.

Übrigens

Am Nachmittag hatte Frau Grimm in der Scheune überall dicke Kerzen auf die Balken gestellt, die ihr Mann alle wieder entfernt hatte:

„Viel zu gefährlich, bist narrisch!" Schließlich hatte man sich auf Teelichter in Einweckgläsern geeinigt. Trotzdem hatte Herr Grimm fünf Eimer mit Wasser gefüllt und in der Scheune verteilt.

Nein, gebrannt hatte es nicht. Aber Frau Maier war im Halbdunkel über einen Wassereimer gestolpert und das Wasser hatte sich über die Füße des Bürgermeisters ergossen. Der nahm`s zum Glück gelassen. „Besser nasse Füß´, als ein Feuer in der Scheun´", hatte er gutmütig gemeint und sich von Frau Maier einen zweiten Glühwein zum „Füßwärmen" bringen lassen.

Montag

Bald geht er auf
der Weihnachtsstern,
Bethlehems Fluren
grüßen von fern,
Engel stimmen
die Harfen schon –
und das Kripplein
erwartet den Gottessohn.

24. Dezember
Heiliger Abend

Am 24. Dezember gab es kein privates Adventsfenster mehr. Die Zahl 24 war den beiden Kirchen vorbehalten, die mit Familiengottesdiensten und
Christvespern die Gemeinde einluden zur bewegendsten Botschaft, die in der Bibel steht:

„Es begab sich aber zu der Zeit, dass ein Gebot von dem Kaiser Augustus ausging, dass die Welt geschätzt würde. Und diese Schätzung war die allererste und geschah zur Zeit, da Quirinius Statthalter in Syrien war.

Und jedermann ging, dass er sich schätzen ließe, ein jeder in seine Stadt.
Da machte sich auf auch Josef aus Galiläa, aus der Stadt Nazareth, in das jüdische Land zur Stadt Davids, die da heißt Bethlehem, weil er aus dem Hause und Geschlechte Davids war, damit er sich schätzen ließe mit Maria, seinem vertrauten Weibe, die war schwanger.

Und als sie dort waren, kam die Zeit, dass sie gebären sollte. Und sie gebar ihren ersten Sohn und wickelte ihn in Windeln und legte ihn in eine Krippe, denn sie hatten sonst keinen Raum in der Herberge.

Und es waren Hirten in derselben Gegend auf dem Felde bei den Hürden, die hüteten des Nachts ihre Herde. Und der Engel des Herrn trat zu ihnen, und die Klarheit des Herrn leuchtete um sie und sie fürchteten sich sehr.

Und der Engel sprach zu ihnen: Fürchtet euch nicht! Siehe, ich verkündige euch eine große Freude, die allem Volk widerfahren wird; denn euch ist heute der Heiland geboren, welcher ist Christus, der Herr, in der Stadt Davids.

Und das habt zum Zeichen: Ihr werdet finden das Kind in Windeln gewickelt und in einer Krippe liegen.

Und alsbald war da bei dem Engel die Menge der himmlischen Heerscharen, die lobten Gott und sprachen: Ehre sei Gott in der Höher und Friede auf Erden bei den Menschen seines Wohlgefallens.

Und als die Engel von ihnen gen Himmel fuhren, sprachen die Hirten untereinander: Lasst uns nun gehen nach Bethlehem und die Geschichte sehen, die da geschehen ist, die uns der Herr kundgetan hat.

Und sie kamen eilend und fanden beide, Maria und Josef, dazu das Kind in der Krippe liegen. Als sie es aber gesehen hatten, breiteten sie das Wort aus, das zu ihnen von diesem Kind gesagt war. Und alle, vor die es kam, wunderten sich über das, was ihnen die Hirten gesagt hatten.

Maria aber behielt alle diese Worte und bewegte sie in ihrem Herzen. Und die Hirten kehrten wieder um, priesen und lobten Gott für alles, was sie gehört und gesehen hatten, wie denn zu ihnen gesagt war."

Übrigens

In allen Gottesdiensten gingen die Pfarrer beider Konfessionen noch mal auf den Lebendigen Adventskalender ein und sagten am Schluss:

„Sind Sie froh, dass heute der 24. Dezember ist oder sind Sie traurig?

Froh, dass alle Vorbereitungen geschafft sind oder traurig, dass die stimmungsvolle Zeit schon fast vorbei ist?

Wie dem auch sei, ich möchte Sie ermuntern, sich für die kommenden Tage Zeit zu nehmen für Weihnachten. Auch wenn das Fest vorüber ist – das Geschehen bleibt.

Wenn die Adventszeit für Sie mit Stress verbunden war, kommen Sie jetzt zur Ruhe. Für viele ist Weihnachten nach den Feiertagen vorbei und der Alltag beginnt wieder.

Die Weihnachtszeit dauert bis ins neue Jahr hinein und die Begegnung zwischen Himmel und Erde, zwischen Gott und Mensch, gilt für ein ganzes Leben. Freuen Sie sich darüber!

Dezembernächte sind die längsten und dunkelsten des Jahres. Die Germanen hatten früher in den Raunächten, also in der Zeit zwischen dem 21. Dezember und dem 6. Januar, Angst vor unberechenbaren Mächten und Geistern, die in der Zeit ihr Unwesen treiben sollten. Deshalb haben die

Germanen eine Nacht geweiht, um die Götter gnädig zu stimmen. Weihnachten hat seinen Namen von der geweihten Nacht.

Die Kirche hat für das christliche Weihnachtsfest bewusst die dunkle Zeit der Raunächte gewählt, um diesen Aberglauben durch die frohe Botschaft von der Geburt Jesu zu ersetzen.

Gehen Sie in den nächsten Abenden durch die beleuchteten Straßen, vorbei an den geschmückten Adventsfenstern und machen Sie es wie Maria. Bewegen Sie alles, was Sie gehört und gesehen haben, in ihrem Herzen!

Wir sind uns ganz sicher, die Zeit ist im Aufbruch: Es muss ein Umdenken stattfinden – vom persönlichen Frieden bis hin zum Weltfrieden, weil alle friedlosen Zustände den Menschen zerstören!

Menschsein und Frieden gehören zusammen. Gott hat den Menschen mit dieser Sehnsucht ausgestattet. Wir brauchen einen Dialog mit allen Religionen, auch mit den Atheisten!

Das Fest der Geburt Jesu muss weltweit ein Fest der Versöhnung und der Toleranz werden."

*

In beiden Kirchen wurden zwei Liedverse mit der Melodie: „Es ist ein Ros entsprungen…" gesungen:

Es kann nur Frieden geben, wo die Versöhnung ist.
Lass auch den Fremden spüren, dass tolerant du bist
So werden Träume wahr, ein Leben ohne Kriege, das wäre wunderbar.

Die Sehnsucht wohnt in jedem, egal ob arm ob reich,
vor Gott sind alle Menschen auf dieser Erde gleich.
Versucht euch zu verstehn. Nur mit Respekt und
Achtung wird es gemeinsam gehen.

Dienstag

Bald läuten Kirchenglocken
          weit über alle Welt,
indes in weichen Flocken
          der Schnee hernieder fällt.
Will wieder Weihnacht werden
          mit seinem holden Schein,
auf dieser armen Erde - will wieder Friede sein.

Mittwoch

Es treibt
der Wind
im Winter-
walde
die Flocken-
herde wie
ein Hirt,

und manche Tanne ahnt, wie balde
sie fromm und lichterherrlich wird—
und lauscht hinaus. Den weißen Wegen
streckt sie die Zweige hin — bereit,
und wehrt dem Wind und wächst entgegen
der einen Nacht der Herrlichkeit.

Christnacht

Das ewig Licht geht da hinein,   gibt der Welt ein neuen Schein;

es leucht wohl mitten in der Nacht
und uns des Lichtes Kinder macht!